그리운 바다 성산포

이생진 李生珍

1929년 서산에서 태어나 어려서부터 바다와 섬을 좋아했다. 오랜 세월 섬으로 떠돌며 섬사람들의 애환을 시에 담아 독자들에게 감명을 주었고, 섬에서 돌아오면 인사동에서 섬을 중심으로 한 시낭송과 담론을 펴고 있다. 1955년 처음 펴낸 시집 《산토끼》를 비롯하여 《그리운 바다 성산포》, 《그 사람 내게로 오네》, 《우이도로 가야지》, 《실미도, 꿩 우는 소리》, 《골뱅이@이야기》, 《어머니의 숨비소리》, 《섬 사람들》, 《맹골도》, 《무연고》, 《나도 피카소처럼》 등이 있다.

www. islandpoet.com / sj29033@hanmail.net

이 시집을
바다에 묻힌 가난한 사람들에게 바친다

그리운 바다
성산포

이생진 시집

우리글

머리말

햇빛이 쨍쨍 쪼이는 날 어느 날이고 제주도 성산포에 가거든 이 시집을 가져 가십시오. 이 시집의 고향은 성산포랍니다. 일출봉에서 우도 쪽을 바라보며 시집을 펴면 시집 속에 든 활자들이 모두 바다로 뛰어들 겁니다. 그리고 당신은 이 시집에서 시를 읽지 않고 바다에서 시를 읽을 것입니다. 그 때 당신은 이 시집의 시를 읽는 것이 아니고 당신의 시를 읽는 것입니다. 성산포에 가거든 이 시집을 가지고 가십시오. 이 시집의 고향은 성산포랍니다.

1978년
이생진

다시 《그리운 바다 성산포》를 펴내며

　신도출판사에서 500부를 찍어낸 지 9년 만에, 동천
사에서 20년 동안(1987~2007) 베스트셀러 10위권에
올려놨고 끈질긴 스테디셀러에도 걸쳐놨다. 그러다
가 다시 '우리글'로 온 것인데, 한 권의 시집이 소멸되
지 않고 저자가 살아 있는 동안만이라도 새로운 독자
를 찾아 나선 것은 기쁜 일이 아닐 수 없다. 이 기쁨
을 독자들과 함께 하고 싶다.

2008년 7월 10일
이생진

차례

그리운 바다
성산포

1 바다를 본다

성산포에서는
교장도 바다를 보고
지서장도 바다를 본다
부엌으로 들어온 바다가
아내랑 나갔는데

냉큼 돌아오지 않는다
다락문을 열고 먹을 것을
찾다가도
손이 풍덩 바다에 빠진다

성산포에서는
한 마리의 소도 빼놓지 않고
바다를 본다
한 마리의 들쥐가
구멍을 빠져나와 다시
구멍으로 들어가기 전에
잠깐 바다를 본다
평생 보고만 사는 내 주제를
성산포에서는
바다가 나를 더 많이 본다

문주란
제주 서귀포에서
1986. 7. 22

2 설교하는 바다

성산포에서는
설교를 바다가 하고
목사는 바다를 듣는다
기도보다 더 잔잔한 바다
꽃보다 더 섬세한 바다
성산포에서는
사람보다 바다가 더
잘 산다

3 끊을 수 없다

성산포에서는
끊어도 이어지는
바다 앞에서
칼을 갈 수 없다

4 모두 버려라

성산포에서는
지갑을 풀밭에 던지고
바다가 시키는 대로
옷을 벗는다

5 바다의 시녀

성산포에서는
바람은 바다의 시녀侍女
사람은 바다의 곤충이고
태양은 바다의 화약인데
산만은 제 고집으로
한 천 년 더 살리라

6 산

성산포에서는
언젠가 산이 바다에 항복하고
산도
바다처럼 누우리라

7 바다의 노예

성산포에서는 그 육중한 암벽이
바다의 노예임을 시인하고
자기네들의 멸망을 굽어본다

8 만년필

성산포에서는
관광으로 온 젊은
사원 하나가
만년필에
바닷물을 담고 있다

9 생사

가장 살기 좋은 곳은
가장 죽기도 좋은 곳
성산포에서는
생과 사가 손을 놓지 않아
서로 떨어질 수 없다

10 자살

성산포까지 와서
자살 한 번 못하고 돌아가는 비열
구깃구깃 두었다가
휴지로 쓸 것인가

11 절망

성산포에서는
사람은 절망을 만들고
바다는 절망을 삼킨다
성산포에서는
사람이 절망을 노래하고
바다가 그 절망을 듣는다

12 술에 취한 바다

성산포에서는
남자가 여자보다
여자가 남자보다
바다에 가깝다
나는 내 말만 하고
바다는 제 말만 하며
술은 내가 마시는데
취하긴 바다가 취하고
성산포에서는
바다가 술에
더 약하다

13 바다의 성욕

성산포에서는
온종일 산삼을 먹어도
산만큼 성욕이 일지 않는다
성산포에서는
해삼을 아무리 먹어도
바다만큼 성욕이 일지 않는다

14 증거

성산포에서는
바다는 한 개의 물
나는 한 개의 물에 항복한다
그 한 개의 물에서
수만 가지 소리가 난다
성산포에서는
바다가 하늘 되려다
실패한 증거도 있다

15 색맹

성산포에서는
푸른색 이외에는
손대지 않는다
성산포에서는
색맹일지라도
바다를 빨갛게
칠할 순 없다

16 여유

성산포에서는
사람보다 짐승이
짐승보다 산이
산보다 바다가
더 높은 데서
더 깊은 데서
더 여유 있게 산다

17 수많은 태양

아침 여섯 시
어느 동쪽에서도
그만한 태양은 솟는 법인데
유독 성산포에서만
해가 솟는다고 부산필 거야

아침 여섯 시
태양은 수만 개
유독 성산포에서만
해가 솟는 것으로 착각하는 것은
무슨 이유인가
나와서 해를 보라
하나밖에 없다고 착각해 온
해를 보라

18 감탄사

성산포에서는
바람이 심한 날
제비처럼 사투리로 말한다
그러다가도 해뜨는 아침이면
말보다 더 쉬운
감탄사를 쓴다
손을 대면 화끈 달아오르는
감탄사를 쓴다

19 권리

성산포에서는
돌로 막아놓은 권리를 넘어
바다는 육지를
육지는 바다를
제 것 삼으려 한다

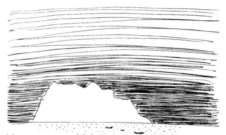

유빙.
Feb. 28, 1978
Sui...

20 누가 주인인가

성산포에서는
한 사람도 죽는 일을
못 보겠다
온종일 바다를 바라보던
그 자세만이 아랫목에
눕고
성산포에서는
한 사람도 더
태어나는 일을 못 보겠다
있는 것으로 족한 존재
모두 바다를 보고 있는 고립
성산포에서는
주인을 모르겠다
바다 이외의
주인을 모르겠다

21 생활비

성산포에서는
어떤 명목으로도
성산포는 그들의 재산
소라는 그들의 시라기보다
그들의 혈장血漿
해삼은 그들의 장수라기보다
그들의 수당
성산포에서는
일출도 그들의 생활비

22 이해

성산포에서는
살림을 바다가 맡아서 한다
교육도
종교도
판단도
이해도

성산포에서는
바다의 횡포를 막는 일
그것으로 둑이 닳는다

23 풍요

성산포에서는
그 풍요 속에서도
갈증이 인다
바다 한가운데에
풍덩 생명을 빠뜨릴 순 있어도
한 모금 물을 건질 순 없다
성산포에서는
그릇에 담을 수 없는 바다가
사방에 흩어져 산다

24 바다를 담을 그릇

성산포에서는
바다를 그릇에
담을 순 없지만
뚫어진 구멍마다
바다가 생긴다
성산포에서는
뚫어진 그 사람의 허구에도
천연스럽게
바다가 생긴다

25 바다로 가는 길

돈을 모았다
바다를 보러 간다
상인들이 보면
흉볼 것 같아서
숨어서 간다

26 화장하는 여인

바다 앞에서
거울을 보며
눈썹을 그리는 여인
바다가 뭐라고 하는 것 같아서
빙그레 웃는다

27 귀신같은 인상

첫눈엔 무섭다가
차츰 친해져 버리고

그 절벽
그 굴곡
그 무식
그 잔인

첫눈엔 무섭다가
차츰 친해져 버리고

28 기암절벽

한자리에서 너무 오래 기다리는
기암절벽
이제 스스로 목숨을
끊을 때도 되었는데

29 입

바다는 입이 하나
찢어도 찢어도
말이 나오는
입이 하나

30 바다의 오후

바다는
마을 아이들의 손을 잡고
한나절을 정신없이 놀았다
아이들이 손을 놓고
돌아간 뒤
바다는 멍하니
마을을 보고 있었다
마을엔 빨래가 마르고
빈 집 개는
하품이 잦았다
밀감나무엔
게으른 윤기가 흐르고
저기 여인과 함께 탄
버스엔
덜컹덜컹 세월이 흘렀다

31 해삼

일출봉 입구에서
해삼 파는 아주머니
손을 잡아당기며
해삼 먹으라고
기운에 좋으니
먹고 가라고
내가 바다 앞에서
기운을 내면 얼마나 내나
해삼을 바다에 주어
바다 보고 더 기운 내라지

32 감感

바다가 산허리에 몸을 부빈다
산이 푸른 치마를 걷어 올리며
발을 뻗는다
육체에 따뜻한 햇살
사람들이 없어서
산은 산끼리
물은 물끼리
욕정에 젖어
서로 몸을 부빈다

33 갈매기

바람이 우우 몰려와
갈매기 똥구멍에
바람을 넣는다
갈매기들 신이 나서
물 위를 거닐다
물 위를 날고
이번엔 갈매기가
우우 몰려가
바다에 바람을 넣는다

34 여관집 마나님

"어딜 가십니껴?"
"바다 보러 갑니다"
"방금 갔다오고 또 가십니껴?"
"또 보고 싶어서 그럽니다"
밤새 들락날락 바다를 보았다
알몸인 바다가 차가운 바깥에서
어떻게 자는가
밤새 들락날락
바다를 보았다

35 아침 낮 그리고 밤

오늘 아침
하늘은 기지갤 펴고
바다는 거울을 닦는다
오늘 낮
하늘은 낮잠을 자고
바다는 손뼉을 친다
오늘 저녁
하늘은 불을 끄고
바다는 이불을 편다

36 고향

나는 내일 고향으로 가는데
바다는 못 간다
먼 산골에서 이곳에 온 후
제 아무리 몸부림쳐도
바다는 그대로 제자리걸음
나는 내일 고향으로 가는데
바다는 못 간다

37 저 세상

저 세상에 가서도
바다에 가자
바다가 없으면
이 세상 다시 오자

38 수평선

맨 먼저
나는 수평선에 눈을 베었다
그리고 워럭 달려든 파도에
귀를 찢기고
그래도 할 말이 있느냐고 묻는다
그저 바다만의 세상 하면서
당하고 있었다
내 눈이 그렇게 유쾌하게
베인 적은 없었다
내 귀가 그렇게 유쾌하게
찢긴 적은 없었다

39 패배

일어설 듯
일어설 듯
쓰러지는 너의 패배
발목이 시긴 하지만
평면을 깨뜨리지 않는 승리
그래서 네 속은 하늘이
들어앉아도 차지 않는다

40 승리

투항하라 그러면 승리하리라
아니면 일제히 패배하라
그러면 잔잔하리라
그 넓은 아우성으로
눈물을 닦는 기쁨
투항하라 그러면
승리하리라

41 죽을 기회

도회는
늘 죽음을 방해하지만
바다는 기회를 주어 좋다

성산포에서는
시원스럽게 죽을 수 있어 좋다

42 갈증

목마를 때
바다는 물이 아니라
칼이다

목마를 때
바다는 물이 아니라
양量이다

그릇 밖에서 출렁이는
서글픈 아우성

목마를 때
바다는 물이 아니라
갈증이다

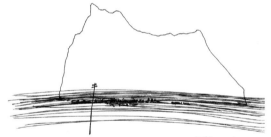

土岐山浦
1978, Sam

43 동백꽃

섬에는 어딜 가나 동백이 있다
동백이 없는 섬은
동백을 심어야지

동백은 섬을 지키기에
땀을 흘렸다

동백은 바위에 뿌리 박기에
못이 박혔다

동백은 고독이 몰려와도
울지 않았다

44 하늘에게

하늘이여
바다 앞에서
너를 쳐다보지 않는 것을
용서하라

하늘이여
바다는 살았다고 하고
너는 죽었다고 하는 것을 용서하라

너의 패배한 얼굴을
바다 속에서 더 아름답게
건져 내는 것을
용서하라

그 오만한 바다가
널 뜯어먹지 않고
그대로 살려준 것을 보면
너도 바다의 승리를
기뻐하리라

하늘이여
내가 너를
바다 속에서 보는 것을
용서하라

45 고독

나는 떼놓을 수 없는 고독과 함께
배에서 내리자마자
방파제에 앉아
술을 마셨다
해삼 한 토막에
소주 두 잔
이 죽일 놈의 고독은 취하지 않고
나만 등대 밑에서 코를 골았다

46 섬 운동장

초등학교 운동장이
바다 쪽으로 기울었다
선생도 학생도
바다 쪽으로 기울었다

제주도 · 휴산발 아자
1986 s~~

47 섬 묘지

살아서 무더웠던 사람
죽어서 시원하라고
산 꼭대기에 묻었다

살아서 술 좋아하던 사람
죽어서 바다에 취하라고
섬 꼭대기에 묻었다

살아서 가난했던 사람
죽어서 실컷 먹으라고
보리밭에 묻었다

살아서 그리웠던 사람
죽어서 찾아가라고
짚신 두 짝 놔두었다

48 섬에서 사는 토끼

외로운 섬 토끼
다른 섬에 옮겨 살려고
거북이 등에
올라탔다는 이야기
지금 그 심정 알겠다
허허 망망
바다 한가운데
내가 떠 있어 보니
그때 심정 알겠다

49 무인도

무인도라고 찌푸리는 것은
섬이 아니라 물살이다

외로워 살 맛이 없다고
엄살을 부리는 것은
등대가 아니라
소나무 소리다

백 년을 살아도
살 맛이 없다고
신경질 부리는 것은
바위가 아니라
풍랑이다

50 해상에서

이쯤 오니
세상사 모두
금線 하나로
끝난다
부산과 여수가 그렇고
종로에서 미아리가 그렇고
그립다고 모여든
커피와 의자
암癌으로 죽은
그 사람이나

생으로 죽은
그 사람이나
이쯤 오니
모두 금 하나로
끝난다
그러다간
모진 섬 하나 지나면
나 여기 있다고
소리쳐진다

51 점령

저 말없는 섬을

누가 먼저 점령했느냐

— 교회 —

다음은 누구냐

— 술집 —

그 다음은 누구냐

— 은행 —

저 섬을 무엇으로 쓸 거니

— 풍경화 —

예 이놈
돈으로 써야지

이런 인상 저런 비유
홍도에서 흑산도
다시 흑산도에서 기좌도로
섬을 보며 이기理氣를 보며
생활을 보며 회의를 보며
나처럼 사는 것은 외롭고
너처럼 사는 것은 지루하고
결론도 해결도 없이
기좌도에서 진도로
진도에서 다시
추자도로 온다

52 무명도無名島

저 섬에서
한 달만 살자
저 섬에서
한 달만
뜬 눈으로 살자
저 섬에서
한 달만
그리운 것이
없어질 때까지
뜬 눈으로 살자

53 낮잠

술에 취한 섬
물을 베고 잔다
파도가 흔들어도
그대로 잔다

54 부자지간

아버지 범선 팔아
발동선 사이요

얘 그것 싫다
부산해 싫다

아버지 배 팔아
자동차 사이요

얘 그것 싫다
육지 놈 보기 싫어
그것 싫다

아버지 배 팔아
어머니 사이요

그래

뭍에 가거든

어미 하나 사자

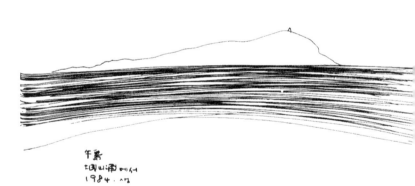

午景
外界山浦에서
1984. 서귀

55 우도牛島

끊어졌던 물이
서로 손을 잡고 내려간다
헤어졌던 구름이 다시 모여
하늘에 오르고
쏟아졌던 햇빛이 다시 돌아가
태양이 되는데
우도牛島는 그렇게
순간처럼 누웠으면서도
우도야
우도야
부르는 소리에
귀 기울이지 않는다

56 외로움

날짐승도 혼자 살면
외로운 것
바다도 혼자 살기 싫어
퍽퍽 넘어지며 운다

큰 산이 밤이 싫어
산짐승 불러오듯
넓은 바다도 밤이 싫어
이부자리를 차 내버린다

사슴이 산 속으로 산 속으로
밤을 피해가듯
바다도 물 속으로 물 속으로
밤을 피해간다

57 내가 서 있는 곳

낯에 서 있는 나는
원주圓周를 울타리 삼은
중심에 서 있고
밤에 서 있는 나는
원통圓筒에 들어 있는
감금으로 서 있다

58 풀밭에 누운 우도

물에 넘어진 사람들의 유족은
물이 원수이겠지만
내 앞의 창해는
소 한 마리 누워 있는 풀밭
꼬리치는 대로
흰 나비 하나
날아갔다 날아온다

59 아부

몇 줄의 시를 쓰기 위해
창경원 꽃사슴에 아부하고
며칠을 더 살기 위해
세월에 아부했다 치더라도
바다 앞에서는
내가 아부할 수 없다

60 한 모금의 바다

어망에 끼었던 바다도
빠져 나오고
수문에 갇혔던 바다도
빠져 나오고
갈매기가 물어갔던 바다도
빠져 나오고
하루살이 하루 산 몫의 바다도
빠져 나와
한 자리에 모인 살결이 희다
이제 다시 돌아갈 곳도 없는 자리
그대로 천년만년
길어서 싫다

61 물귀신

귀신도 물귀신은

바다에서 셋방살이를 하는 놈

나를 보면 질투가 심해져

다리를 감는데

나는 항상 아버지 말씀대로

왼다리를 감아서 왼쪽으로 내던졌다

저놈은 한 번도 바다를 사랑하지 않으면서

바다에 살고

나는 바다에 살지 않으면서

바다를 좋아하는 것을 안 모양

차라리 산돼지라면

우직해서 동정이 가겠는데

저놈은 무식해서

바다가 싫은 모양이다

62 추억

한여름 땀을 씻으며
일출봉에 올라가
풀 위에 누웠는데
햇빛이 벌떼처럼 쏟아지더군
여기서 누굴 만날까
장미같은 여인인가
가시 찔린 시인인가
그런 것 다 코웃음 치다가
내려오는데
신혼여행으로 온 한 쌍의 부부
셔터를 눌러달라고 하더군

그 사람들 지금쯤
일남일녀 두었을 거다
그 사진은 사진첩에 묻어두고
이혼할 때쯤 되었을 거다
이혼하거든
여기서
바다랑 살지
이혼하거든
여기서
돌이랑 살지
이혼하거든 여기서
추억이랑 살지

63 넋

파도는 살아서 살지 못한 것들의 넋
파도는 살아서 피우지 못한 것들의 꽃

지금은 시새워 할 것도 없이
돌아선다

사슴이여 살아 있는 사슴이여
지금 사슴으로 살아 있는 것은
얼마나 행복하냐
꽃이여 동백꽃이여
지금 꽃으로 살아 있는 것은
얼마나 아름다우냐

사슴이 산을 떠나면 무섭고
꽃이 나무를 떠나면 서글픈데
물이여 너 물을 떠나면
또 무엇 하느냐

저기 저 파도는 사슴 같은데
산을 떠나 매맞는 것
저기 저 파도는 꽃 같은데
꽃밭을 떠나 시드는 것

파도는 살아서 살지 못한 것들의 넋
파도는 살아서 피우지 못한 것들의 꽃

지금은 시새움도 없이 말 하나 않지만

64 사람이 꽃 되고

꽃이 사람 된다면
바다는 서슴지 않고
물을 버리겠지
물고기가 숲에 살고
산토끼도 물에 살고 싶다면
가죽을 훌훌 벗고
물에 뛰어들겠지
그런데 태어난 대로
태어난 자리에서
산신山神에 빌다가 세월에 가고
수신水神에 빌다가 세월에 간다

65 낮에서 밤으로

일출봉에 올라 해를 본다
아무 생각 없이 해를 본다
해도 그렇게 나를 보다가
바다에 눕는다
일출봉에서 해를 보고 나니
달이 오른다
달도 그렇게 날 보더니
바다에 눕는다
해도 달도 바다에 눕고 나니
밤이 된다
하는 수 없이 나도
바다에 누워서
밤이 되어 버린다

66 보고 싶은 것

모두 막혀 버렸구나
산은 물이라 막고
물은 산이라 막고

보고 싶은 것이
보이지 않을 때는
차라리 눈을 감자
눈을 감으면
보일 거다
떠나간 사람이
와 있는 것처럼
보일 거다

알몸으로도
세월에 타지 않는
바다처럼 보일 거다
밤으로도 지울 수 없는
그림자로 태어나
바다로도 닳지 않는
진주로 살 거다

67 풀 되리라

풀 되리라
어머니 구천에 빌어
나 용 되어도
나 다시 구천에 빌어
풀 되리라

흙 가까이 살다
죽음을 만나도
아무렇지도 않은
풀 되리라

물 가까이 살다
물을 만나도
아무렇지도 않은
풀 되리라

아버지 날 공부시켜

편한 사람 되어도

나 다시 공부해서

풀 되리라

남편의 친구가 남편을 살해하고
남편의 친구가 남편이 된 남편과
한평생 살다가도
남편의 친구인 남편이
남편을 죽였다는 고백을 듣고는
남편의 친구인 남편에게서
낳은 아홉 형제를 살해하고
저도 그 남편따라 죽었노라
쓰여 있다

69 전설 · 이가李哥

날마다 숫처녀 하나씩 내놓으라는
뱀의 혓바닥에 창을 박은
이삼만은 총각으로 쓰러졌지만
살아남은 처녀들은 살아서
시집간다
바닷가 돌담을 돌아
바닷물에 치맛자락 적시우며
시집간다
전설도 타지 않고
세월과도 관계없이
숫처녀는 살아서
시집간다

70 전설 · 홍가洪哥

하루 아침에 장수가 될 수 있는 비결은
태몽이고
그 태몽이 들어맞으면
한자리 하는 것인데
그것은 하늘에 별 따기
어쩌다 별을 따와도
그걸 숨길 수 없어
이리 뛰고 저리 뛰고

홍업선洪業善 짚신에
별이 묻어와서 장수 될 뻔했는데
그 애비 겁이 나서
날갯죽지 찢은 것이
별은 떨어지고
안마당엔 흰 눈이
가난만큼 쌓였단다

71 전설 · 옛날의 기근

옛날 옛적에
거짓말이라고 웃어버릴 만큼
흉년이 들었을 때
흙을 땀에 개어 성을 쌓고 있었을 때
먹고 쌀 똥건지도 없었을 때
바다만은 속시원히 웃고 있었을 때
김통정 장군은 큰 칼을 차고
호령을 치고 있었을 때

돌보다도 못한
고씨 부씨 양씨
돌보다도 못 먹은 손으로
큰 돌 위에 또 큰 돌을 쌓고 있었을 때
바다만은 속시원히 웃고 있었는데
지금은 여치가 살찐 목소리로 우는구나

72 전설 · 곧은 낚시

끼니가 간 곳 없는 홍씨
파도소리같은 것
귀에 없고
절벽같은 원망
눈에 없고
오늘 밤 젯상에
물고기 하나
곧은 낚시에 물리기만 하면
감지덕지 세상은 태평성대

지성이면 감천이라
곧은 낚시로 건져낸 물고기
그날 밤 젯상에 쓰이고
다시 바다로 돌아간다

마을이어서
뒷산이 험비이어서
1978 Sein

73 전설 · 구십구암설九十九巖說

구십구 개의 기암
형틀에 매달려서
죄와 벌을 번갈아 치루며
바닷물이 바닥나길
기다린다

74 전설 · 막산이란 놈

막산이란 놈

한자리에서

백인 분을 먹다니

나도 요즈음 불고기

오인 분은 먹겠다만

막산이란 놈

남의 집 머슴살며

한 끼 백인 분을 먹다니

식량을 댈 수 없어

쫓겨난 막산이 놈

남의 집 돌담 밑에서

처량한 귀뚜라미 된다

저 물만 마시고 살 순 없을까
성산포 앞 바다
그 아랫물까지
실컷 마셔 봤으면

막산이란 놈
토굴에서
배 곯아 죽었단다

75 전설 · 일출봉

일어서고 쓰러지는 것을
승부라 하면
바위는 이긴 거고
바다는 진 것인가
백 마리의 맹수가
아흔 아홉의 기암으로
덤벼들 때

그때마다 바위는
꼿꼿한 승리

백 마리의 맹수는

파죽지세

바다는 그때마다

뼈아픈 침묵

아흔 아홉 개의 기암은

꿀 먹은 벙어리

76 전설 · 조실부모하고

둘이는
어려서 조실부모하고
눈물로 자란 사이
둘이는
어려서 조실부모하고
바닷물로 살아온 사이
부부가 된 다음날
사내는 바다로 가서
돌아오지 않는 사이

바람은 그들의
조실부모 모르고
기막힌 남편인데
바람은
그것을 모르고
울며불며
세월이 가도
바람은
그것을 모르고

77 전설 · 장수론將帥論

전설을 빌면
저 바위도 이 바위도
모두 장수의 짓이라고
저 바다를 이 바다로
옮겨 놓은 것도
장수의 짓이라고
그런데
그 장수
세월을 옮겨 놓지 못하고
왜 죽었을까

78 삼백육십오일

삼백육십오일
두고 두고 보아도
성산포 하나 다 보지 못하는 눈

육십 평생
두고 두고 사랑해도
다 사랑하지 못하고
또 기다리는 사람

1978.2.28
城山浦에서
saing

79 그리운 바다

내가 돈보다 좋아하는 것은
바다
꽃도 바다고 열매도 바다다
나비도 바다고 꿀벌도 바다다
가까운 고향도 바다고
먼 원수도 바다다
내가 그리워 못 견디는 그리움이
모두 바다 되었다

끝판에는 나도 바다 되려고
마지막까지 바다에 남아 있다

내가 가장 좋아하는 것은
바다가 삼킨 바다
나도 세월이 다 가면
바다가 삼킨 바다로
태어날 거다

80 고독한 무덤

살아서 고독했던 사람
그 사람 무덤이 차갑다
아무리 동백꽃이
불을 피워도
살아서 가난했던 사람
그 사람 무덤이 차갑다

81 바다에서 돌아오면

바다에서 돌아오면
가질 것이 무엇인가
바다에선 내가 부자였는데
바다에서 돌아오면
가질 것이 무엇인가
바다에선 내가 가질 것이
없었는데
날아가는 갈매기도
가진 것이 없었고
나도 바다에서
가진 것이 없었는데
바다에서 돌아가면
가질 것이 무엇인가

이생진론 '포월로서의 바다'

김석준 (시인 · 문학평론가)

1. 글을 들어가며 : 객설 혹은 횡설

한 권의 작품집이 30년을 넘게 독자들에게 호응을 얻는다는 것은 그렇게 단순한 문제로만 치부할 수 없는 문단사적인 사건이다. 이생진의 《그리운 바다 성산포》는 달콤한 연애시도 아니고, 대중적 취향에 영합한 그야말로 천박한 저널리즘에 경도된 시도 아니다. 그런데 여기에 더욱 놀라운 점은 30년 넘게 많은 사람들에게 회자되면서도 제대로 평가된 평문 하나 없다는 사실이다. 이것은 분명 문제가 있다. 이것은 우리 문단의 비평적 관행이 얼마나 천박하고 경박한지에 대한 조종을 울리는 사례이다. 왜 비평은 시대의 앞면에서 파동치는 담론적 사유로만 무장하여야 하는가. 권력적 힘의 논리가 보편성을 획득한 시말을 앞설 수 있는가.

허나 이제까지 이생진의 시들은 논해지고 평해지는 문학의 장場 바깥에 위치해 있었다. 《그리운 바다 성산포》가 1970년대 후반부터 시작해서 현재 2008년까지도 아직 살아 움직여 독자들의 심금을 울릴 때, 그것은 무엇을 말하고 있고 어떤 의미인가. 수많은 역사적 사건들이 일어난 지난 30년간의 격동기에도 불구하고 그의 시가 사랑받았고 아직도 사랑받고 있다면, 그것은 분명 특별한 그 무엇인가 육화되어 있기 때문은 아닌가.

앨런 카넌이 《문학의 죽음》에서 논한 것처럼 현대의 시들이 점점 모호 불투명하고 내적이 되어 시의 죽음의 부채질하는 반면, 이생진의 시말은 분명 명징하고 명쾌하다. 우리는 여기서 문학의 기호가 무엇을 지향하는지를 물어야만 한다. 시가 주관성에 경도되어 이해의 심급에 이르지 못할 때, 문학은 필연적으로 죽는다고 앨런 카넌은 말하고 있지 않은가. 명징한 시말 속에 거대한 자연의 비의와 인간학적 삶을 교묘히 응축했다면, 그것만큼 성공적인 시는 어디에 있겠는가.

역으로 우리는 다시 자본적 이념이 극에 달하는 후기 산업사회에 시적 언어의 임무가 무엇인지를 물어야만 한다. 왜냐하면 이생진의 시말은 자본주의의 초입부터 후기산업사회에 이르기까지 일관되게 회자되기 때문이다. 이것은 시인의 시말이 시대적 임계치를 훨씬 넘어선 것이거나 각각의 시대적 의미를 통어할 수 있는 미적 보편성을 획득하고 있다는 것을 의미할지도 모르기 때문이다. 솔직 단백하고 명징한 시말 속에 인간학적 사태가 기입되었을 때, 혹은 거대한 바다 품에 인간이 안겨 순수한 몽상의 세계에 빠져들 때, 우리는 그러한 시적 사태를 어떻게 이해하여야 하는가. 분명 이생진의 시말들은 너무도 투명하고 너무도 명백하여 비평의 틈입을 허락하지 않는 것처럼 보인다. 허나 그럼에도 불구하고 비평은 투명한 말의 심연을 들여다보고 엿보면서 말해진 말의 안쪽에 파동치는 말해지지 않은 말을 예인하는 것이 임무이다. 하여 비평의 임무는 말하기 쉬운 시말을 찾아 떠나는 여정이 아니라, 너무도 명징하고 투명한 시말 밑에 가라앉은 근원, 즉 저 거대한 자연의 형이상학적 심연을 건드리는데 있다.

2. 교감 혹은 근원으로의 회귀

삶-시간-세계라는 아포리아 속에 바다는 어떤 의미인가. 왜 시인 이생진은 수많은 섬과 섬 사이를 유랑하면서 저 거대한 바다에 저당 잡힌 삶을 살아가는가. 때론 잔잔하게 이 세계를 감싸 안고 때론 모든 것을 집어삼킬 듯한 포말이 일렁이는 바다는 도대체 인간에게 무엇을 고지하고, 어떤 의미로 다가오는가. 어쩌면 이생진에게 바다는 시말의 근원을 사유할 수 있는 그 무엇이거나 인간학적 음영이 기투된 존재의 근원인지도 모른다. 왜냐하면 바다는 〈이해〉에서 시인이 설파한 것처럼, "살림을 바다가 맡아서" 하기 때문이다. 다시 말해서 바다는 인륜적 가치를 함의하고 있는 "교육, 종교, 판단, 이해"를 가능하게 만드는 근원이다. 하여 바다는 즉물적으로만 존재하는 것이 아니라, 인간과 인간을 둘러싼 그 모든 것이 발원할 수 있는 가능적 실체이자, 인간이 이룩한 삶–시간–세계의 산물들이 회귀하여야만 하는 절대성이다.

비록 바다는 "그릇에 담을 수 없는"(〈풍요〉 일부) 것으로 표상되기는 하지만, 바다는 혈장, 수당, 생활비 등등이다. "사람의 허구"(〈바다를 담을 그릇〉 일부)가 바다를 만들기도 하면서, 바다는 말(신화, 전설)을 파생시킨다. 바다는 패배이면서 눈물을 닦는 기쁨이다. 하여 바다는 이중성 위에 작동하는 그 무엇으로만 인지 표상된다. 바다는 칼인 동시에 기회이고, 오만이면서 고독이다. 바다는 넋이자 꽃이다. 삶-시간-세계를 관통하는 바다, 시인 이생진은 그 바다의 의미적 층위를 인간학 혹은 자연학으로 고양 승화시켜 가면서 삶-시간-세계의 의미를 패러독스적으로 기술하고 있다. 전무全無와 전체를 교묘하게 비껴가면서 시말 내부에 인간의 훼손되지 않은 의식을 순정하게 그려내고 있다. 보는 동시에 보여지는 바다와의 교감을 통해서 시인은 물아일체의 경지에 다다르고 있다.

성산포에서는
설교를 바다가 하고
목사는 바다를 듣는다
기도보다 더 잔잔한 바다
꽃보다 더 섬세한 바다
성산포에서는
사람보다 바다가 더
잘 산다
- 〈설교하는 바다〉 전문

이생진은 저 바다라는 거대한 공간을 응시하면서 무엇을 보고 무엇을 듣는가. 산다는 것이 죽는 것보다 못하다고 생각하여 바다로 왔는데, 아니 더 정확하게 말해서 죽으려고 바다에 왔는데, 바다는 시인의 심연으로 파고 들어가 자꾸 알아들 수 없는 방언 같은 말을 뇌까린다. 불쾌해졌다. 포말은 잦아들고 바다는 잔잔해졌다. 그런데 갑자기 바다가 시인에 말을 건넨다. '그대, 시인이여! 나를 노래하고 축복하라. 그대, 죽음을 생각하는 절망한 시인이여! 나 포세이돈을 경배하라.' 바다는 그렇게 시인의 의식 속으로 들어와 이생진의 전부가 된다. 시인에게 바다는 전언이다. 시인에게 바다는 살아야할 이유인 동시에 삶의 신성성을 깨달은 공간이다. 하여 바다는 신이다. 바다는 계시다. 바다는 말이다. 바다는 시말의 소생점이자, 시말의 화신이다.

어쩌면 〈설교하는 바다〉는 절망 가운데 들은 환청일지도 모른다. 삶-시간-세계의 진리성을 설파하는 바다. 그 전언을 듣는 목사. 본말의 전도 혹은 저 거대한 근원으로의 회귀. 이생진에게 있어서 바다는 라캉 식으로 말하면 대타자이고 지젝 식으로 말하면 '오브제 아'이다. 왜냐하면 바다는 삶-시간-세계에 앞선 것이거나 가장 이상적 지표이기 때문이다. 따라서 바다는 로고스이다. 바다는 목소리의 현상, 즉 이 세계를 창조한 위대한 말이다. 이것이 바로 이생진 시말의 중요한 특성인데, 그것은 씌어진 문자가 아니라, 말해진 말이다. 그것은 인위적으로 조어해낸 시말이 아니라, 받아 적은 시말이다. 하여 이생진의 시말은 상상계에 속하는 소타자의 환상적인 시말이 아니라, 상징계적 대타자가 말한 위대한 전언이다. 이를테면 시인 이생진은 영매인지도 모른다. 왜냐하면 본래 시인은 천상적인 것과 지상적인 것을 매개 소통시키는 자이기 때문이다. 따라서 바다의 전언을 받아 적는 시인 이생진은 신의 대리자이거나 대필가일지도 모른다.

꽃이 사람 된다면
바람은 서슴지 않고
물을 버리겠지
물고기가 숲에 살고
산토끼도 물에 살고 싶다면
가죽을 훌훌 벗고
물에 뛰어들겠지

그런데 태어난 대로

태어난 자리에서

산신山神에 빌다가 세월에 가고

수신水神에 빌다가 세월에 간다

- 〈사람이 꽃 되고〉 전문

바다 앞에 우리는 동일성인가 비동일성인가. 우리는
A에서 B로 전환될 수 있는가. 생을 다른 생으로 살고 싶
을 때, 혹은 소망 충족을 위하여 기도를 드릴 때, 우리는
자신의 면모를 일신할 수 있을까. 시인의 시말대로 "사
람이 꽃 되고, 꽃이 사람 된다"는 것은 가능한가. 혹은
"물고기가 숲에 살고/산토끼도 물에 산"다는 것은 가능
한가. 우리는 무엇 무엇에서 다른 무엇 무엇으로 탈바꿈
할 수 있는가. 도대체 시 〈사람이 꽃 되고〉에서 이생진
은 무엇을 말하고 싶어 하는가. 장자의 호접몽인가, 아
니면 하늘이 부여한 천품대로 살아가는 한계성인가. 시
인의 가정법은 가능사태에 대한 소묘가 아니라, 불가능
의 지대를 꿈꾸고 있는지도 모른다. 왜냐하면 A는 A이
고 B는 B이기 때문이다. 따라서 A는 B가 될 수 없고, B
또한 A가 될 수 없다.

그래서 시인 이생진은 산신과 수신에게 기도를 드린다. 비록 "태어난 대로/태어난 자리에서" 소여所與적 삶─시간─세계를 살아가지만, 삶이란 그 무엇인가를 소망함으로써만 그 의미를 완성하는 것이 아닌가. 하여 우리는 언제나 그 무엇인가가 되기 위하여 빈다. 오고가는 세월 속에 우리는 빌고 또 빌면서 저 절대의 지점에 이를지도 모른다. 그리고 그러한 의식적 지평은 《그리운 바다 성산포》 전체를 통어하면서 시말 전체를 궁극의 지점에 도달하게 만든다.

성산포에서는
한 사람도 죽는 일을
못 보겠다
온종일 바다를 바라보던
그 자세만이 아랫목에
눕고
성산포에서는
한 사람도 더
태어나는 일을 못 보겠다
있는 것으로 족한 존재

모두 바다를 보고 있는 고립

성산포에서는

주인을 모르겠다

바다 이외의

주인을 모르겠다

- 〈누가 주인인가〉 전문

이 세계를 지배하는 궁극적 주체는 무엇인가. 시인 이생진은 물론 바다라고 말하겠지만, 시 〈누가 주인인가〉는 삶―시간―세계의 진정한 주인이 누구인지를 묻게 만든다. 생명과 생명 아님을 포괄하면서 이 세계를 세계이게 만든 진짜 주체는 누구인가. 사실 이 문제는 그렇게 간명하게 해결될 수 있는 문제는 아니다. 아니 우리는 어디서 와서 어디로 가는지를 정확하게 모른다. 허나 그럼에도 불구하고 시인 이생진은 "죽는 일"과 "태어나는 일"을 굽어보면서 즉자적 존재의 의미를 탐문하고 있다. "있는 것으로 족한 존재". 생은 대자를 인식하기 위한 그 무엇으로 존재하는 것이 아니라, 삶―시간―세계를 그 자체로 긍정하면서, 저 처연한 고립을 승인하는 과정이다. 그런데 시인은 왜 인간을 고립적인 그 무엇으로 인식하면서 바다만이 유일한 주인이라고 생각하는가. 죽는 일도 못 보고, 태어나는 일도 못 본다고 하면서 시인이 진정으로 긍정하는 주체는 무엇인가. 존재 자체인가, 바다인가.

시인이 긍정하는 주체는 "있는 것으로 족한 존재"이다. 그것은 절대도 아니고 비존재도 아니다. 그것은 가능태도 아니고 실체적 실재도 아니다. 그것은 현존이다. 그것은 바로 지금 여기를 피부로 호흡하는 존재이다. 생을 생으로 증명하면서 영원한 현재성을 향유하는 것이 바로 주인이다. 하여 주인은 죽은 자도 아니고, 미래에 태어날 자도 아니다. 주인은 있는 것으로 족한 현재이다. 허나 이 지점에서 이해하기 어려운 부분은 "고립"이라는 시말이다. 왜 고립인가. 왜 상호 대극에 위치하는 "족한 존재"와 "고립"을 시인은 양립시키면서 바다를 주인에 위치시키는가. 시인에게 바다란 삶-시간-세계를 통어하는 그 무엇으로 존재하거나 그 모든 현존을 가능하게 만드는 총체적 실재이기 때문이다. 따라서 "있는 것으로 족한 존재"는 주인인 바다가 만든 개별자이거나 바다의 산물이다. 역으로 "있는 것으로 족한 존재"는 총체적인 바다의 한 부분만을 보고 이해할 수 있을 뿐이다. 하여 고립은 개별자의 시선에 비추어진 바다의 모습이다. 결론적으로 말해서 고립은 바다의 온전한 형상을 인지하기 위한 단독자의 인식적 과정이다. 모든 것이 발원하는 바다. 삶—시간—세계 전체의 의미가 기입된 바다. 이생진의 바다는 보이고 보는 시선의 교감을 통해서 우리 모두를 근원으로 이끈다.

바다가 산허리에 몸을 부빈다
산이 푸른 치마를 걷어올리며
발을 뻗는다
육체에 따뜻한 햇살
사람들이 없어서
산은 산끼리
물은 물끼리
욕정에 젖어
서로 몸을 부빈다
- 〈감感〉 전문

생명은 바다로부터 왔다. 생명적인 것은 바다를 통하지 않고는 결코 생성되지 않는다. 모든 것의 정박지

이자 모든 것이 소생하기도 하는 바다. 모든 것을 내어주고 보듬는 바다. 바다는 어머니다. 시인 이생진의 《그리운 바다 성산포》는 그 바다를 하나의 객관적 실재로 묘파하면서 그 바다에 정령의 옷을 입혀 인간학적 사태를 치밀하게 그려내고 있다. 바다는 인격이다. 바다는 인간학이다. 바다는 삶−시간−세계이다. 바다는 너, 나 그리고 우리의 근원인 동시에 생−세계 전체가 도달하여야만 하는 지점이다. 따라서 바다는 최초의 원인이다. 바다를 본다는 것은 바다를 의식적으로 전유하는 행위이다. 그것은 일종의 감통感通인데, 바다는 모든 행위의 근본 원인이다. 시 〈감感〉은 바다를 소산자所産者가 아닌 능산자能産者로 여기면서 자연 전체가 생성 화육하는 오묘한 느낌의 세계를 연출하고 있다. 감感은 포말이 산허리춤에 부딪힘으로부터 시작하는데, 시인은 그것을 "몸을 부빈다"라고 표현하고 있다. 이를테면 시인의 의식 속에 바다도 몸이고, 산도 몸이다. 모든 것은 한 몸이다. 모든 것은 교감 조응하면서 순일한 욕망을 충족시킨다.

3. 존재론적 본향으로써의 바다

시인 이생진에게 바다는 절대다. 그것은 경험적 삶의 근거이자, 생과 사가 공존하는 공간이다. 그래서 시인의 바다는 존재의 본향이다. 하여 바다는 인륜적 실체이자, 인륜적 삶을 하나의 구체적 삶으로 치환시켜 시인의 삶 전체를 바다의 노예로 만들어 버린다. 바다에 저당 잡힌 채, 바다 위를 유랑하는 시인. 바닷길 따라 섬과 섬 사이에 물길을 여는 시인. 그것은 어쩌면 가장 행복한 삶이거나 가장 저주받은 삶 둘 중에 하나인데, 이생진은 전자에 위치하고 있다. 왜냐하면 시인 스스로가 이야기했듯이 바다는 시인 자신이기 때문이다. 저 칠흑 같이 어두운 삶의 질곡으로부터 시인을 구제해준 것이 바로 바다이기 때문이다. 하여 시인의 바다는 여린 생명의 숨결이자, 시인이 삶을 살아가야 하는 이유이기도 하다. 사도들이 예수의 기적을 설파하기 위하여 온 천하를 주유했듯이, 이생진 역시 수많은 섬들을 찾아다니면서 바다의 아들이기를 자초하고 있다.

바다가 있어 행복한 시인, 그 시인이 이생진이다. 바다를 제 집으로 여기면서 바다의 전언을 훼손되지 않은 순수한 시말로 육화시킨 시인, 그가 바로 이생진이다. 아포리즘인 듯하지만 명징하고, 명백한 듯하면서 의미를 단박에 알아채기 어려운 시, 그것이 바로 이생진의 시말의 본체이다. 어쩌면 이러한 시적 특징은 저 거대한 상징적 의미를 체현한 바다의 본성 때문이 아닌가 한다. 왜냐하면 바다는 그 자체로 삶-시간-세계의 시작점이자, 그것을 부드럽게 감싸는 그 무엇으로 표상되기 때문이다.

①며칠을 더 살기 위해
세월에 아부했다 치더라도
바다 앞에서는 내가 아부할 수 없다
- 〈아부〉 일부

②가장 살기 좋은 곳은
가장 죽기도 좋은 곳
성산포에서는
생과 사가 손을 놓지 않아
서로 떨어질 수 없다
- 〈생사〉 전문

시인에게 바다는 절대적 심급이다. 물론《그리운 바

다 성산포》를 지배하는 시말 전체가 바다로부터 비롯하기는 하지만, 시인의 바다는 올곧음이다. ①은 그러한 시인의 자세를 아주 정직하게 드러내고 있다. 바다는 시인의 거울이다. 바다는 시인의 삶을 검열하면서 이 세상의 논리와 타협하기를 거부하는 순결한 정신성이다. 시인의 전기적 삶을 비추어볼 때, 그의 인품이 바다를 닮아있는 사실을 직감하게 된다. 그는 문단 권력에 대한 욕심 없이 그저 평생을 시와 씨름하면서 관용의 바다를 닮고자 애써왔다. 시를 사랑하는 사람들과 무릎 맞대고 이야기하면서 바다에 속한 그 모든 것들을 공유하기를 소망한 시인 바로 이생진이다. 그것은 바다가 시인에 일깨운 염결성이자, "바다 앞에서는 아부할 수 없다"는 시인의 정직성이다.

②는 바다가 이 세계의 근원적인 심급임을 정확하게 언표하고 있다. 이 시는 언뜻 보기에 명징하게 보이지만, 말의 한계를 훨씬 넘어선 지점에서 의미를 예인하고 있다. 말하자면 생은 생이고 죽음은 죽음인데, 어떻게 생과 사가 맞잡고 있지. 그런데 이생진은 상호 대극에 위치하는 두 지점을 교묘히 포월하면서 시말을 절대 지점에 이르게 만든다. 살기 좋은 곳과 죽기 좋은 곳이 맞

물려 있어 같은 장소라고 여기면서 시인은 삶과 죽음을 동일성으로 치환시키고 있다. 왜냐하면 바다는 저 분별지에 의해 갈등을 일으키는 공간이 아니라, 무차별의 공간이기 때문이다.

성산포에서는
사람은 절망을 만들고
바다는 절망을 삼킨다
성산포에서는
사람이 절망을 노래하고
바다가 그 절망을 듣는다
- 〈절망〉 전문

우리는 절망의 심연으로 추락할 때, 저 거대한 바다를 바라보면서 심혼을 평정의 상태에 이르게 만든다. 바다는 모든 것을 수용하는 거대한 용기이다. 바다는 감싸 안는 어머니다. 바다는 위무받는 공간이다. 절망한 자 바다로 떠나라. 절망한 자 바다를 향해 외쳐라. 시 〈절망〉은 시인의 젊은 날의 초상을 간결하게 소묘하면서 바다품에 안긴 인간의 모습을 우회적으로 묘파하고 있다. 절망을 삼키고 절망을 듣는 바다와 절망을 만들고 노래하는 사람을 대비시키면서 저 드넓은 바다의 도량을 언표하고 있다. '그땐 나(시인 이생진)도 죽음의 나락으로 떨어져 죽음만을 생각했어. 그런데 바다가 이렇게 말하더군.' 바다가 시인에게 말을 건넨다. '삶이 지치고 힘든 시인이여! 그대의 절망을 내게 던져라.' '그런데 갑자기 살고 싶어졌어. 갑자기 삶이 소중하다는 느낌이 번쩍였어.'

이생진의 〈절망〉은 결코 절망의 전언일 수 없다. 절망은 역설적이게도 이 세계는 살만한 공간인데, 왜 절망하는가를 반문하면서 시를 읽는 이들에게 희망을, 전언을 전달하고 있다. 이것이 바로 이생진 시가 가진 매력이다. 간결하지만, 따스한 온기를 시말 사이사이에 안치시키면서 이 세계를 긍정하는 시선, 절망을 희망으로 치환시키는 마법, 그것이 이생진 시말의 치유적 기능이다. 현대의 시가 점점 편집증적 퇴행으로 치달아가 시 전체를 불모의 지대로 이끌어가는 반면, 이생진의 시는 살벌한 현대의 공간을 바다의 포용력으로 감싸면서 인간에게 진정으로 소중한 것이 무엇인지를 일깨워주고 있다, 하여 편안해졌다.

내가 돈보다 좋아하는 것은
바다
꽃도 바다고 열매도 바다다
나비도 바다고 꿀벌도 바다다
가까운 고향도 바다고
먼 원수도 바다다
내가 그리워 못 견디는 그리움이
모두 바다 되었다

끝판에는 나도 바다 되려고
마지막까지 바다에 남아 있다

내가 가장 좋아하는 것은
바다가 삼킨 바다
나도 세월이 다 가면
바다가 삼킨 바다로
태어날 것이다
- 〈그리운 바다〉 전문

시인에게 바다는 세계고, 세계는 바다의 변형체이다.

이를테면 바다는 능산자能産者인데, 그것은 시간이 흘러 소진된 후에도 변하지 않는 그 무엇이다. 하여 시인의 바다는 고통의 바다가 아니라 끊임없이 삶–시간–세계를 실어 나르는 긍정의 바다이다. 원수도 바다고, 그리움도 바다가 되는 그 경지. 바다는 삶이면서 죽음이고, 죽음이면서 초월이다. 바다는 시인의 영혼의 표징이자 몸체인데, 그것은 니체의 영원회귀와 같은 그 무엇이거나 끊임없이 재귀하는 어떤 흐름이다. 정말 멋들어지게 시인의 경건한 마음이 잘 육화된 〈그리운 바다〉는 바다 그 자체가 되어버린, 혹은 바다와 시인의 경계를 무화시킨 이생진의 고결한 절대성을 흠모하게 만든다.

진짜 마음이 훈훈해지고 감동하게 만드는 시인의 바다에의 지향성은 그의 그리움을 열도를 순결한 위치로 드높여가고 있다. 물론 우리 모두는 언젠가 하나의 지점으로 되돌아가게 되어 있지만, 그것이 우리 모두를 죽음의 지대로 이끈다는 것은 분명하지만, 시인의 시말은 소름이 돋을 정도로 무섭다. 그것은 죽음이 무서운 것이 아니라, 죽어서 바다가 되고 다시 바다로 태어나고 싶은 이생진 시인의 바다에의 향성向性이 무섭다. 생의 바다를 주유하면서 그렇게 지독하게 바다를 연모한다는 시인의 시적 태도에 경외감이 느껴진다. 바다가 되어버린 시인 이생진. 그리운 바다에 삼켜 바다로 다시 태어나고 싶은 이생진 시인. 그 시말의 위의에 경의를 표하고 싶다.

4. 글을 나오며

저 세상에 가서도
바다에 가자
바다가 없으면
이 세상 다시 오자
- 〈저 세상〉 전문

바다가 전부인 시인. 그가 바로 이생진이다. 바다는 독설이다. 바다는 치열하다. 허나 바다에 관한 치열한 독설은 아름답고 순정하다. 어찌 이 세상에 다시 올 수 있겠는가. 어찌 바다만을 바라보고 바다만을 생각하면서 죽음 뒤에도 바다를 몽상할 수 있겠는가.

城山浦' 앞바다
1986, Sang

1.

해마다 여름이면 시집과 화첩을 들고 섬으로 돌아다녔다. 안면도, 황도, 덕적도, 용유도, 울릉도, 완도, 신지도, 고금도, 진도, 흑산도, 홍도, 거제도, 제주도, 내나로도, 외나로도, 쑥섬, 거문도……

이렇게 돌아다니며 때로는 절벽에서 때로는 동백 숲에서 때로는 등대 밑에서 때로는 어부의 무덤 앞에서 때로는 방파제에서 생활이 뭐고 인생이 뭔가 고독은 뭐고 시는 무엇인가 생각하며 물 위에 뜬 섬을 보았다.

그때마다 나는 섬이었다. 물 위에 뜬 섬이었다. 그러나 통통거리며 지나가는 나룻배 벙 벙 울며 떠나는 여객선 억센 파도에 휘말리며 만년을 사는 기암절벽 양지바른 햇볕에 묻혀 조용히 바다를 듣는 무덤, 이런 것들은 내 가슴을 시원하게 하는 낙원이었다.

그러고 보면 나는 살아서 낙원을 다닌 셈이다. 그 낙원에서 맑고 깨끗한 고독을 마실 때 나는 소리치고 싶었다. 그것을 시로 쓴 것이다.

《그리운 바다 성산포》, 81편의 시 가운데 1에서 24까지는 1975년 여름에 성산포에서 쓴 것인데, 그해 10월에 동인시집 《다섯 사람의 분수》에 실었고, 25에서 81까지의 57편은 1978년 초봄 그곳에서 바다를 보며 정리한 것들이다. 그 중에는 《현대문학》, 《시문학》, 《월간문학》 등에 발표된 것도 있다. 그리고 〈전설〉 10편은 성산포 주변의 전설을 머리에 담고 쓴 것들이다.

이제 나는 한없이 기쁘다. 근 30년 바다와 섬으로 돌아다니며 얻은 시를 한 권의 시집으로 낼 수 있어 기쁘다. 이 시집을 가지고 또 성산포로 가야겠다. 일출봉 바위 꼭대기에 앉아 파도소리와 함께 목이 터져라고 이 시를 읽어야겠다.

시여, 시여, 잘 살아라,

나보다 곱게 잘 살아라.

1978년 성산포에서

2.

언제 와봐도 성산포는 듬직하고 아름답다. 그곳에서 파도소리를 들으며 살고 싶다. 나는 해마다 1월 1일 아침 일찍 일출봉에 올라 목이 터져라 하고 시를 읽었다. 처음엔 오십 명, 백 명 이렇게 이어지더니 급기야 천 명이 모여든 적도 있다. 물론 새 아침을 맞으려 모여든 것이지만 그들에게 '그리운 바다 성산포'는 커다란 힘이 되었다.

이제 일출봉에서의 시낭송은 새벽 찬바람을 마시며 가파른 계단을 오르내리기 힘들어 계속하지 못하고, 다랑쉬오름 아래 아끈다랑쉬오름에서 성산포를 내려다보며 시낭송을 하고 있다. 이것만으로도 나는 행복하다.

앞으로는 내가 제주도를 사랑한 만큼 《그리운 바다 성산포》가 사랑하리라 믿는다.

《그리운 바다 성산포》에 활력을 준 '우리글'이 고맙다.

2008년 7월 10일
이생진

연보

1929년	음력 2월 21일 충청남도 서산에서 태어남.
1969년	《현대문학》을 통해 김현승 시인 추천으로 등단
1996년	《먼 섬에 가고 싶다》 윤동주문학상 수상
2001년	《그리운 바다 성산포》로 제주도 명예 도민이 됨.
2002년	《혼자 사는 어머니》 상화시인상 수상
2008년	도봉문학상 수상
2009년	성산포 오정개 해안에 '그리운 바다 성산포' 시비공원이 만들어짐.
2012년	신안 명예 군민이 됨.

시집

1955년	《산토끼》
1956년	《녹벽》
1957년	《동굴화》
1958년	《이발사》
1963년	《나의 부재》
1972년	《바다에 오는 理由》
1975년	《自己》
1978년	《그리운 바다 성산포》
1984년	《山에 오는 理由》
1987년	《섬에 오는 이유》
1987년	《시인의 사랑》
1988년	《나를 버리고》
1990년	《내 울음은 노래가 아니다》
1992년	《섬마다 그리움이》
1994년	《불행한 데가 닮았다》
1994년	《서울 북한산》
1995년	《동백꽃 피거든 홍도로 오라》
1995년	《먼 섬에 가고 싶다》
1997년	《일요일에 아름다운 여자》
1997년	《하늘에 있는 섬》
1998년	《거문도》
1999년	《외로운 사람이 등대를 찾는다》
2000년	《그리운 섬 우도에 가면》

2001년	《혼자 사는 어머니》
2001년	《개미와 베짱이》
2003년	《그 사람 내게로 오네》
2004년	《김삿갓, 시인아 바람아》
2006년	《인사동》
2007년	《독도로 가는 길》
2008년	《반 고흐, '너도 미쳐라'》
2009년	《서귀포 칠십리길》
2010년	《우이도로 가야지》
2011년	《실미도, 꿩 우는 소리》
2012년	《골뱅이@ 이야기》
2014년	《어머니의 숨비소리》
2016년	《섬 사람들》
2017년	《맹골도》
2018년	《무연고》
2021년	《나도 피카소처럼》

시선집

1999년	《詩人과 갈매기》
2004년	《저 별도 이 섬에 올 거다》
2021년	《기다림》 육필 시선집

시화집

1997년	《숲 속의 사랑》 시 / 이생진 · 사진 / 김영갑
2002년	《제주, 그리고 오름》 시 / 이생진 · 그림 / 임현자
2002년	《詩가 가고 그림이 오다》 시 / 이생진 · 그림 / 박정민
2010년	《제주》 시 / 이생진 · 그림 / 임현자
2017년	《오름에서 만난 제주》 시 / 이생진 · 그림 / 임현자

산문집 및 편저

1962년	《아름다운 天才들》
1963년	《나는 나의 길을 가련다》
1997년	《아무도 섬에 오라고 하지 않았다》
2000년	《걸어다니는 물고기》
2018년	《시와 살다》 구순 특별 서문집

그리운 바다
성산포

1판 1쇄 발행 2008년 8월 10일
6판 4쇄 발행 2023년 6월 19일

지은이 이생진
발행인 김소양
디자인 권효선
마케팅 이희만

발행처 ㈜우리글
출판등록번호 제 321-2010-000113호
출판등록일자 1998년 6월 3일

주소 경기 광주시 도척면 도척로 1071
전화 02-566-3410 / 031-797-3206   **팩스** 02-6499-1263 / 031-798-3206
홈페이지 www.wrigle.com   **블로그** blog.naver.com/wrigle

값은 표지에 있습니다.
ISBN 9978-89-6426-086-9 03810

• 잘못 만들어진 책은 구입하신 서점에서 교환해드립니다.